KB260862

바람이 열어 놓은 꽃잎

■■ 바람이 열어 놓은 꽃잎

1판 1쇄 : 인쇄 2013년 1월 05일
1판 1쇄 : 발행 2013년 1월 10일

지은이 : 문재규
펴낸이 : 서동영
펴낸곳 : 서영출판사

출판등록 : 2010년 11월 26일(제25100-2010-000011호)
주소 : 인천광역시 계양구 효성동 200-1 현대 404-103
전화 : 02-338-0117 팩스 : 02-338-7161
이메일 : sdy5608@hanmail.net

사   진 : 문재규
디자인 : 이원경

ⓒ2013문재규 seo young printed in incheon korea
ISBN 978-89-97180-23-3 04810
ISBN 978-89-97180-00-4(set)

바람이 열어 놓은 꽃잎

2013·서영

문재규 시인의 시집 출간을 축하하며

　“不如學!”

　배움이란 것이 이렇게 행복한 것인 줄 학창 시절에 깨우쳤다면 얼마나 좋았을까?

　하나하나 알아 간다는 것이 이런 기쁨일 줄이야.

　연인 간의 사랑도 이러한 행복감에 비길 순 없으리라.

　이는 문재규 시인이 시 부문 신인문학상을 수상했을 때 했던 말이다. 시를 배우며 시를 알아 가며 시 창작을 하는 기쁨을 연인 간의 사랑보다 더한 행복의 위치에 올려놓고 있다. 시가 인격체라면, 이 말에 무한히 행복감을 느꼈을 것 같다.

　(주)투앤투전자, (주)온누리네트워크를 경영한 문재규 시인은 우리 문우들 사이에선 흔히 대감으로 통한다. 닉네임이 ‘심향’이어서, ‘심향 대감’이라 호칭하곤 한다. 반듯한 외모에 준수한 얼굴, 마치 전통 있는 가문 출신의 선비 같은, 조정 회의에 참석하는 삼정승 중 한 사람처럼 여겨지는 품위, 한마디 한마디 예의 바른 말투, 어느 누구에게나 편안함을 주는 따스한 가슴, 부모를 향한 변함없이 지극한 효성, 앞뒤옆 그를 따라다니는 성실성, 이 모든 걸 모아 ‘심향 대감’이라는 성지를 확보하고 있는 사나이, 그가 바로 이 시대의 진정한 멋쟁이 문재규 시인이다.

　문재규 시인의 시 세계는 한눈에 봐도 전통 시조를

이어받은 듯한 느낌을 준다. 그의 시 대부분이 짧은 시조 형식의 맛을 그대로 살려 놓고 있다. 수식과 묘사가 최대한 절제되어 있고, 감정의 분출도 극도로 통제되고 있다. 마치 시조의 변형을 보는 듯하다. 현대판 시조가 있다면, 어쩌면 이런 방향으로 흘러가야 하지 않나 하는 안내판이라도 되는 듯 그의 시는 짧고 간결하다. 군더더기 하나 없는 그야말로 깔끔한 맵시를 자랑하고 있는 그의 시가 우리의 눈길을 단번에 사로잡아 버리곤 한다.

또 하나, 그의 시 특질은 이미지의 구현에 있다. 주제가 많이 노출되는 시조에 비해, 그의 시는 주로 이미지와 상징에 기초하고 있다. 그 이미지는 간결함을 더욱 아름답게 빛내 주고 있고, 상징은 간결함에 깊은 의미를 새겨넣는 역할을 해주고 있다.

시가 갖고 있는 특질, 시가 나아가야 할 방향을 제시하고 있는 듯, 그의 시는 매번 우리를 놀라게 하고, 다시 읽게 만들고, 은은히 사랑하도록 이끌고 있다.

기다랗게 깔린
옅은 추억
가물가물 불러내어
다가서 오면

발가벗은 부끄러움
한껏 부풀어올라
발그레함 흩뿌리고

살며시 눈감는다

빈 하늘에 내린
어두움 배어들면
가고 없는 빈자리
한사코 기어나오고

아득함 꺼내어
풀어 펼쳐 든 채
진종일 맴돌다
한밤을 깔더니

한 걸음 한 걸음
스며드는 그림자로
숨죽여 바라보다가
저릿하게 몸져눕는다.
　　　　　- [바보.1] 전문

　　이 시에서 보는 바처럼, 짧은 형식의 시에 찰싹 달라
붙어 있는 이미지를 보라. 엷은 추억은 기다랗게 깔려
있다. 그 추억을 가물가물 불러낸다. 그게 다가오면 발
가벗은 부끄러움은 한껏 부풀어올라 발그레함을 흩뿌
리고는 살며시 눈을 감는다. 이 얼마나 기막힌 이미지
구현인가. 어두움은 빈 하늘에 내리고 있고, 그 어두움
이 배어들면 가고 없는 빈자리가 한사코 기어나오고
있다. 이번에는 아득함을 꺼내어 풀어 펼쳐 든다. 그

바람이 열어 놓은 꽃잎

러다가 한 걸음 한 걸음 스며드는 그림자로 저릿하게 몸져눕는 시적 화자를 보라. 시인은 이 시 제목을 바보라 붙였지만, 아니다. 바보가 아니라 이미지 구현의 천부적 재질을 가진 멋진 재주꾼이다.

문재규 시인의 시를 보면, 왜 이 땅에 오래도록 시가 존재해 왔는지를 실감하게 해준다. 시는 설명이나 서술이 아니다. 그래서 길 필요가 없다. 묘사가 현란할 필요도 없다. 짧아도 이미지 구현만 가능하다면, 풍요로운 정경부터 감동의 파노라마까지 다 담을 수 있는 그릇, 무한히 큰 그릇이 될 수도 있다. 그의 시는 이를 입증해 보여 주고 있다.

어정쩡
길 나서는
구부정한
꽃단장

어제의
꽃빛 놀이
좌판 위에
펼쳐 놓고

팔다 팔다
겨우 남은
긴 그림자
홀로 끌며

문재규 시인의 시집 발간을 축하하며

지친 노을
등에 진 채
빈 지갑에
허무 쓸어 담아

텅 빈
방에 돌아와
적막 베고 누워
이리 뒤척 저리 뒤척.
　　　- [독거노인의 하루] 전문

　이 시에서는 놀랍게도 이웃의 아픔을 공감하는 상상
력까지 탄탄히 자리하고 있음을 보게 된다. 허리가 굽
은 독거노인이 외출을 한다. 어제의 꽃빛 놀이를 보면,
과거는 꽤나 멋스럽게 살았나 보다. 낭만도 있었고, 부
유함과 풍요로움도 있었던 것 같다. 그러나, 이제 좌판
을 벌려 놓고 이를 지켜보고 이에 매달려 살아야 하는
인생으로 전락해 버렸다. 팔다 팔다 겨우 남은 긴 그림
자 홀로 끌며 귀가하는 노인, 이 표현에 이르러 독자들
은 감탄하지 않을 수 없게 된다. 지친 노을을 등에 진
채 빈 지갑에 허무를 쓸어 담아 텅 빈 방에 돌아온 노
인, 그리고는 적막을 베개 삼아 베고 누워 이리 뒤척 저
리 뒤척 잠 못 들어 하고 있는 노인.
　어쩜 이리도 표현이 절묘한가. 이토록 짧은 시 속에
어찌 그리 많은 사연들을 선명히 담아낼 수 있단 말인
가. 놀라움을 금하지 않을 수 없다.

■ 바람이 열어 놓은 꽃잎

어제의 인연을
오늘의 마음밭에 묶어
먼 하늘 열 수만 있다면

가슴 찻집에 마주앉아
찻잔에 채운 고운 숨결
마실 수만 있다면

만지작거리는 추억에
푸른 호수가
잠길 수만 있다면

답이 없는 허허로움을
백지 답안지로
내밀 수만 있다면

외로움이 뒤척거리다가도
무아경의 강가에
노닐 수만 있다면

잡초 무성한 오솔길
순수의 이슬 적시며
낭만 밟고 걸어갈 수만 있다면
　　　- [그냥 이대로가 좋아] 전문

말없이
연민 만지작거리다
홀연히 사위어 가면

침묵 포갠 자리엔
먼지 내린 거미줄만
녹슬어 무겁고

갈라진 그리움 너머
발광처럼
목울대 나뒹굴면

때늦게 타들어가던
추억 한 자락 끌고 와
여울로 통곡한다

명치에 고인 회한
하얗게
널브러뜨린 채.
　　　　- [이제서야.2] 전문

　문재규 시인의 시가 초기에서 후기로 갈수록 달덩이
처럼 슬그머니 떠오르는 게 있다. 그건 다름 아닌 그
리움, 연민, 사랑이다. 이러한 정서들은 그의 가슴 찻
집에 슬그머니 모습을 드러낸다. 그리고 오늘의 마음
밭에서 추억과 연민을 만지작거린다. 그런데도 허허

■ 바람이 열어 놓은 꽃잎

로움뿐 도무지 답이 없다. 외로움이 뒤척거리고, 잡초 무성한 오솔길만 펼쳐져 있다. 침묵 포갠 자리엔 먼지 내린 거미줄만 녹슬어 무겁다. 갈라진 그리움 너머에는 발광처럼 목울대가 나뒹군다. 타들어 가던 추억은 통곡하고, 명치에 고인 회한은 하얗게 널브러진다. 이미지의 숲길을 걷다 보면, 시인이 내걸어 놓은 감성의 깃발을 만나게 되어, 저절로 그 깃발을 들고 그리움의 호숫가를 찾게 된다. 그리고 같이 설레고 같이 울먹이고 같이 슬퍼하게 된다. 그 통로를 자연스럽게 개척하여, 독자를 감동의 선율에 젖게 하는 탁월한 솜씨를 그는 보이고 있다.

빗장 걸어 졸고 있던 상념이
그리움의 난간을 보듬은 채
여명의 느린 하품을 끌고 가

오색 빛 판을 펼치고
지친 세월을 그 위에 깔아 두면

햇살이 흥정을 하고
벌들이 날아와
높은 하늘을 내려다 준다

짓눌린 목울대 붉게 물든 밭 어귀에
매달던 색색 풍선 하늘하늘 날릴 때

문재규 시인의 시집 발간을 축하하며

일순간
방종의 싹쓸바람 떼 휘젓고 몰려와
홀딱 낚아채 날아간 난장亂場

찢긴 빈 가슴 헤집어
홀로 초점 잃고 흐느낀다

흘러 마른 자국에
먼지가 길을 내 그린
수채화 속엔

채워야 할 기다림이 옥탑방 거미줄로
붓 들고 소리 없이 걸어 나오고

벌릴 힘조차 잠들어
드러눕고 마는 꽃의 소리는
노여움의 잔해로 부서져 내려

가쁘게 짖어대다
먼 산 어루만지며 잦아든다.
- [노점상의 하루] 전문

이 시는 문재규 시인의 기존 시 스타일과는 전혀 다른 양상을 보여준다. 마치 신춘문에 당선작에서 흔히 보이는 시 구도를 만나볼 수 있어 신선하다. 이는 그의 시들이 호흡이 짧고 간결하기만 하지 않다는 걸 입

바람이 열어 놓은 꽃잎

증해 주고 있다. 길지만 서술에 그치지 않고 끝까지 이미지와 상징의 고리를 이어 가고 있다. 여명의 느린 하품, 깔아 둔 지친 세월, 높은 하늘을 내려다 준 별들, 짓눌린 목울대 붉게 물든 밭 어귀, 방종의 싹쓸바람 떼, 먼지가 길을 내 그린 수채화, 옥탑방 거미줄로 붓 들고 소리 없이 걸어 나오는 기다림, 드러눕고 마는 꽃의 소리 등등… 이는 그의 시들이 현실의 아픔을 다루지만 결코 가볍지 않고, 인생의 의미와 감동을 덧입고 있으면서도, 주제 노출 없이 시의 특질을 잘 갖추고 있다는 증거가 되고 있다.

그의 시 세계, 그의 시 인생이 어디까지 이어지고 펼쳐질지 궁금하고 또 기대가 된다. 앞으로 나올 그의 시집들이 모두 독자들의 가슴에 감동의 전율을 일으키는 시들로 가득 채워지기를 바란다. 그의 온화한 심성만큼 그의 시들도 온화한 정서의 향기를 풍성하게 퍼뜨려 인류 문학사에 큰 획을 그어주기를 또한 소망해 본다.

다시 한번 문재규 시인의 시집 출간을 축하한다. 이 시집 발간을 계기로 보다 밝고 보다 부드럽고 보다 감동적인 인생을 꾸려 가리라 믿어 의심치 않는다.

― 찬 기운조차도 아름다운 시심에 녹아 행복하게 춤추는 초겨울에
한실 문예창작 지도 교수 박덕은
(문학박사, 시인, 소설가, 동화작가, 문학평론가, 사진작가)

첫 시집을 펴내며

코 걸어 잡아다
반백년 가두고
자랑하며 즐기는 낚시꾼이여

어탁魚拓 떠 두려 말고
고향 보내주오

한몸 허기 올 때
손 흔들어도
배 둥둥 떠올라
새 밥 되어 찢길지니

날개 달아 휘저으며
하늘 안고 가게
이제라도 문 열어
멍울 풀어 주게.

　　"수조 속에서"란 이 시는 세상이라는 낚시꾼에게
붙들려 와 반백년 동안을 삶이라는 수조 속에 갇혀 문
예부 활동을 했던 학창시절부터 그토록 갈구해 오던
시인의 길을 가지 못하고 부질없는 세월만 태워 버린
본인의 한탄조 자화상을 보여준 것입니다.
　　그러던 어느 날 순수 문예창작 카페를 찾다가 운명

바람이 열어 놓은 꽃잎

처럼 "한실 문예창작"을 알게 되었고 쑥스러운 표정으로 여기에 첫 얼굴을 내민 이후 꾸준히 행복한 시간들을 지도 교수님의 지도 하에 문우들과 함께하다 보니 시인으로 등단하게 되는 꿈도 이루게 되어 한국문인협회 정회원으로서 부끄럽지만 또 꿈에 그리던 첫 시집을 이렇게 세상에 내놓게 되는 쾌거를 맞으니 달뜬 감회로 행복이란 이런 것 아닌가 싶은 생각이 드네요.

오늘의 이 영광스러운 일이 있기까지 사랑과 열정으로 지도해 주신 한실 문예창작 지도 교수 박덕은 박사님께 큰절을 올리며 한실 문예창작 회원 여러분들과 포시런 문학회 회원님들께 깊은 감사를 드립니다.
그리고 시심을 불태운답시고 밤늦도록 책상머리에 앉아 때로는 꼬박 날밤을 새워가며 불을 켜 놓고 내 사랑 반쪽의 잠을 설치게 해 "잠 좀 잡시다. 잠 좀 잡시다."를 연발하게 한 죄 이 지면을 통해 빌어 보며, 또 피곤해 하던 두 딸에게도 귀찮도록 습작품에 대한 느낌을 부탁했던 것들이 미안함으로 다가오네요.
열거하지 못한 모든 분들께도 이 고마움과 감사함을 전하며 부모님 생전에 출판하여 보여 드리고 싶었으나 그러지 못한 아쉬움을 부둥켜안고 영전에 이 책을 바칩니다.

– 2012년이 다 가고 있는 이때,
춥지만 따스한 온기로 새해의 새 희망을 펼쳐 들고서
心鄕 문재규

문 재 규

박덕은

조선조 성리학에
깊이 뿌리내린
발걸음

유랑의 길에서
걸음걸음마다
익힌

섬세한 정서
가슴 안에
자라나

정 많고
깊은 샘을
품었다

퍼 올려도
퍼 올려도
또 퍼 올려도

바닥나지 않는
신선한
정성

여러 길바닥에서도
결코 주저앉지 않는
의지의 향기

어느 날
남향길에서 얻은
시심 한 사발

곱게 감싸 안고
고사리 핀 언덕에
올려놓아

태곳적부터
내리는
이슬꽃 받아

이제는
거대한
그루터기에

무지개보다 더
아름다운
색색의 깃발

펄럭펄럭
세워 놓고
늠름히 서 있다.

차 례

제1장 바람이 열어 놓은 꽃잎의 미소

제2장 바람이 열어 놓은 꽃잎의 눈물

제3장 바람이 열어 놓은 꽃잎의 의미

제4장 바람이 열어 놓은 꽃잎의 풍경

제5장 바람이 열어 놓은 꽃잎의 노래

제5장 바람이 열어 놓은 꽃잎의 노래

바람이 열어 놓은 꽃잎

제1장
바람이 열어 놓은 꽃잎의 미소

그냥 이대로가 좋아

어제의 인연을
오늘의 마음밭에 묶어
먼 하늘 열 수만 있다면

가슴 찻집에 마주앉아
찻잔에 채운 고운 숨결
마실 수만 있다면

만지작거리는 추억에
푸른 호수가
잠길 수만 있다면

답이 없는 허허로움을
백지 답안지로
내밀 수만 있다면

외로움이 뒤척거리다가도
무아경의 강가에
노닐 수만 있다면

잡초 무성한 오솔길
순수의 이슬 적시며
낭만 밟고 걸어갈 수만 있다면.

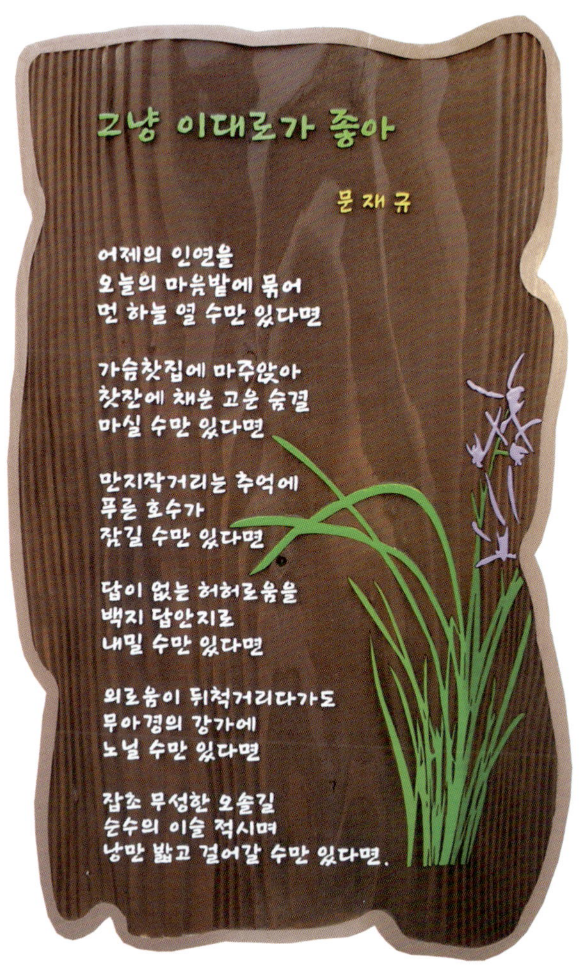

그리우면

무언으로
긴긴밤의 그림자
해변으로 끌고 가
늘어 세워 놓는다

살며시 불러보다
만리
천 구비를 돌며
실없이 고백한다

달뜬 설렘 다가와
서성거리더니
꼬깃꼬깃한 헛기침으로
날아가 버린다

바람으로 기어들어와
출렁대다가
꼬리까지 부여잡고
마구 뒹군다

타는 갈증으로
갈라진 가슴속
알 수 없는 눈빛의
우울만 드러눕는다.

바람 부는 날엔

달빛 되어
닫힌 가슴
외로움인 양
파고들래

설렘의 품에
살포시 안겨
아이인 양
새근댈래

향긋함
한 올 한 올
발자욱인 양
새길래

사색의
뜨락 위에
눈물인 양
젖어들래.

사랑학 개론

그리움은
애달픔 적신 품에
깊게 묻어 둔
배냇버릇

기다림은
느려 빠진 시간을
애태움 통에 넣고
빙빙 돌려 버린 설레임

외로움은
적막하기 그지없는
안개 속 밤길 나서는
홀로 산책

사랑은
하루에도 수십 번씩
이리저리 들락거리며
수다 떠는 발걸음.

그대 있음에

울먹거림의 여운에
젖어 돌던
긴긴밤

시름 내린 뜰에
잡초 무성하고
가슴은 말라 있는데

방황의 시간은
바람 타고 저리
훌훌 날아가는데

마음은 평화롭다
비구름 속 걸어
마주친 행복처럼

두 팔 껴안고
꽃으로 피어난
앳된 그리움처럼.

나의 사랑

바람 꼬리 물고 와
꽃잎에 머무르며
저릿한 감촉 펴 올리는

이쁜 마음
달콤한 쌈 싸서
가슴에 쏘옥 먹여 주는

질긴 고독
끝내 끄집어내어
꽃미소 살며시 씌어 주는

장대비에 갇힌 날
산모롱이 초가 찻집으로 불러내
향내음으로 날게 해주는

일렁이는 그리움
그 물비늘 벗겨
설렘의 속살로 살살 부벼 주는

바람이 열어 놓은 꽃잎

은은한 밑불로
촉촉이 젖은 회한 말려
산 너머까지 묵묵히 동행해 주는

바람 힘없이 날리는 날
서린 추억 꺼내와
살랑살랑 속삭여 주는.

매미

세상으로
뛰어내려
파고들더니

찢기고 터지고
곁눈질로
굴러들어

빌붙은 세월
몇 겹 벗겨
부푸니

해거름에
슬금슬금 숨어
기어올라가

버리고
털고 비비며
밤새

사랑 위해
돌고
돌았네.

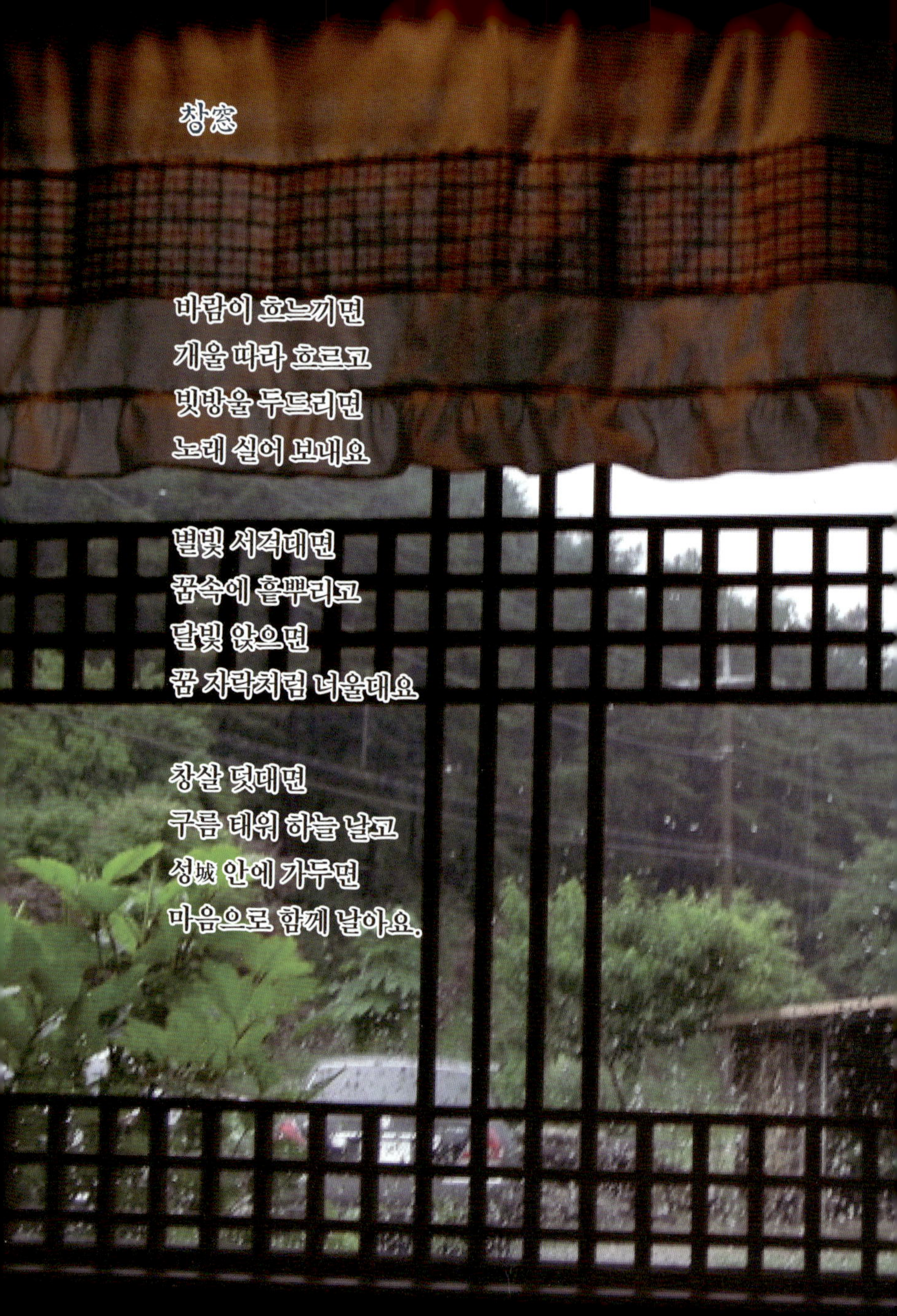
창窓

바람이 흐느끼면
개울 따라 흐르고
빗방울 두드리면
노래 실어 보내요

별빛 서걱대면
꿈속에 흩뿌리고
달빛 앉으면
꿈 자락처럼 너울대요

창살 덧대면
구름 태워 하늘 날고
성城 안에 가두면
마음으로 함께 날아요.

마음.3

맨몸으로
따라나서
산정 가자
다짐터니

중봉에
추억 깔고
머물자
졸라대네

가자니
기약 없고
있자니
별이 없어라.

내 사랑.1

그 강에
노래 흐르고

그 가슴엔
호수 있다

그 별에
그리움 있고

그 하늘엔
뭉게구름 떠 있다

그 얼굴에
미소 서려 있고

그 마음엔
꽃동산 있다.

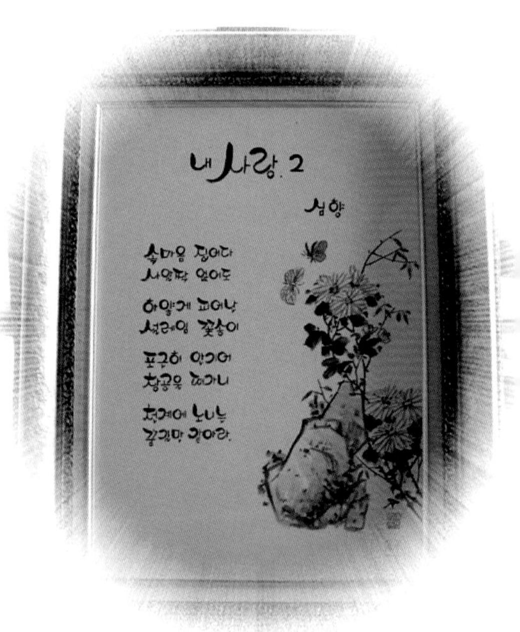

바람이 열어 놓은 꽃잎

내 사랑.2

속마음 집어다
사알짝 얹어도

하얗게 피어난
설레임 꽃송이

포근히 안기어
창공을 떠가니

천계에 노니는
꿈길만 같아라.

내 사랑.7

푸석한 설레임
깨워 일으켜
침묵으로 다듬는
말없는 향기

잔물결 가슴에 얹고
깊이 스며들어
하늘까지 비춰주는
짙푸른 호수

어제도 오늘도
그리고 내일도
곁에서 숨쉬는
애틋한 그리움

들여다 놓고
떠나가기 싫어
추억 적서 주는
해맑은 영혼.

그대에게

눈 좀 마주봐
어떤 향이 오는지

귀 좀 가까이
이 설렘 느끼는지

가슴에 기대
무슨 울림인지

마음을 꼬집어
다가가도 되는지.

행복 · 1

차
한 잔
놓고

마주
바라보고만
있어도

마냥
선계가
열리는 듯.

홍매화 紅梅花

덜덜 떨며
망울짐은
애타하는
설렘 방울

꽃술 낚시
드리움은
향 머금은
그리움

꽃이파리
펼쳐짐은
안고 싶은
보고픔 자락

홍안 미색
물들임은
천하사랑
다 줄 마음.

해변 연가

절여 낸
호흡마다
하얗게
뿌린 모래

밀고 오는
물너울에
씻겨 가던
검은 자락

이 밤은
어쩌라고
바람 이는
대숲인가

적셔졌던
시간은
아직 거기
머무는데.

편지

살포시 잡은
부드런 손엔
설레임으로

지그시 감은
외꺼풀 눈엔
수줍음으로

넌지시 다문
하얀 입술엔
내달림으로

은근히 내민
통통 가슴엔
기다림으로

살며시 비친
저린 마음엔
그리움으로.

가슴 찻집

비 머금은 그리움
조용히 불러 놓고

열정의 속삭임을
천천히 마신다

세월의 그림자
찻잔 뎁혀 채우고

모락모락 피어오르는
한恨 자락 후우 불며

지워지는 바람의 꼬리 끝에
묶인 눈물 소르르 풀리더니

어둑한 다실 등갓 타고 내려와
헤아림의 그릇에 가득 담기어

이 밤이 닳도록
안고지고 안고지고.

그대.4

부르면
귀머거리

다가서면
눈머거리

막아서면
입머거리

움켜쥐면
맘머거리.

우리

나는
싸릿대

너는
나팔꽃

어우러져
꽃담장.

사랑.1

그끄제는
삽상한
꽃구름

그제는
앵돌아진
먹구름

어제는
너울 쓴
천둥구름

오늘은
흩뿌리는
비구름.

사랑.2

창문 밖 꿈이
시리도록 푸르른 건
그리움

연둣빛 느낌이
온종일 나붓거리는 건
기다림

여린 낭만이
비껴 밀고 들어온 건
설렘

아린 마음결이
향내로 스미는 건
포옹.

사랑.3

다가오면
눈감고

감기우면
잠기고

그리우면
젖고

맺히면
차오르고

피어나면
겹고.

사랑.4

두고 감이
아림이면

보낸 가슴
도림이요

떠남이
위함이면

보냄은
기다림이라

떠났다고
보내지 말고

보냈다고
떠나지 마오

하나되는
바로 그날

안고 흘릴

눈물 위해.

종鐘

켜켜이
덮인
풍상의
더께로

얼 녹여
빚은 혼
홀로
외로이

묵묵히
매달리는
애달픈
연정戀情

이제나저제나
저
산모롱이
돌아올까

부서지도록
휘감겨
매어 안기는
여심女心.

서리꽃.2

냉가슴
파고들어

애절한
춤사위로

새긴
혼魂

가슴 가득
녹고파서

밤새껏
칭얼대는

겨울밤
애가哀歌.

짝사랑. 1

돌담 너머
대오리 창에
너울대는 그림자

향 부서질까
다가가지 못하고

젖은 눈길만
새기다 돌아서니

허공에
마구 떨어지는
마른 속울음.

짝사랑.2

높이 뜬 별은
시리기만 해

그래도 밤하늘은
가슴이라도 있지

창문 밖 석벽
기대선 외로움

소야곡도 못 열고
품에 담고 가니

안아 줄 애틋함
자꾸 달로 떠올라

걸음마다 비벼대는
언덕이 되었네.

짝사랑.3

봄바람이
벨을 눌렀다

묻지도 않고
문이 먼저 열렸다

얼굴도 내밀기 전에
와락 껴안아 버렸다

아무리 발버둥쳐도
그냥 서 있었다

한참 뒤에야 놀라
수줍음 속으로 내달렸다.

짝사랑.4

■ 바람이 열어 놓은 꽃잎

가슴에
퍼 온
그림

마음에
담은
수줍음

추억에
감춘
그리움

가리고
여닫는
아림.

제2장
바람이 열어 놓은 꽃잎의 눈물

난 어쩌라고. 1

아려 고인 속울음
알알이 찢어 놓고
홀연히 가버리면
난 어쩌라고

부질없는 세월에
떨어져 내린 회한 자락만
바람에 날려 놓고 가버리면
난 어쩌라고

빌려 쓴 행복
갚기도 전에
말없이 가버리면
난 어쩌라고

잡은 손 소르르 놓고
바보 등 내민 채
훌훌 가버리면
난 어쩌라고

찬란한 열정의 빛
꺼 버리지 못하고
홀로 두고 가버리면
난 어쩌라고.

난 몰라.2

바람으로 왔다
기약 없이 가려거든
부드러운 손길로
감싸지나 말지

별빛으로 왔다
홀연히 가려거든
애틋함 깔아 놓고
스미지나 말지

안개비로 왔다
돌아서서 가려거든
그리움 얹어 놓고
짓누르지나 말지

작달비로 왔다
뿌리치고 가려거든
뒤돌아 헤집고
흔들지나 말지.

바람이 열어 놓은 꽃잎

이별의 번식

갈등 끝머리에 눌려 있던 그가
답답해하며 슬그머니 기어나온다

순간
잔잔하던 호수의 색이 변하더니
뽀글뽀글 치고 올라온다

간간이 그려 놓은
울분의 잔물결 위에
물수제비뜨며 쏘삭거린다

갑자기 얻어맞은 충격의 멍한 가슴들만
풀어헤쳐진 자유로움으로 눈을 뜬 채
영면에 들고 있다

물이 다 빠져 버린
호수의 그 질펀함 위에.

대숲.2

올곧은 높푸름도
살랑바람 불어오면
떨리는 전율로
나비춤 추네요

기대고 어우르며
함께한 세월에
싱그런 향기 얹어
살살 간질이네요

갈 수 없는 땅에
촘촘히 얽혀서
그리움 꺼내 놓고
진종일 애태우다

쥐었던 인연 끈
소르르 놓아 버리고
드높은 먼 하늘만
소롯이 바라보네요.

간다 . 1

젖은 꽃잎
밟으며
간다

잡아끄는 소리
뿌연 발끝에
얹고서

목으로 젖어 든
애달픔 접어
삼켜 넣고

마른 속울음
꿰매 동인 채
개울에 흘리며

아린 환영幻影으로
목탄화木炭花를
그리며 그리며.

말 못하고. 4

기다림의 환희
놓다 말고 돌아

모롱이로 숨어든
서린 한恨 자락

삼켜 넣다 떨린
애처로움 위엔

한숨에 부풀은
팽창된 고요만

이리저리
나뒹굴고 있다.

이별.3

터질 듯한
가슴 틀고
내달린 곳
거기

밤길
돌고 돌다
또다시
제자리

맞설 수 없어
내리깐
침묵의
방울

소리 아닌
흐느낌만
주르륵
주르륵.

기다림.4

때가 되면
온다더니

그대는 아니 오고
꽃가루만 흩날려

고갯마루 마중 나간
수줍은 눈길

눈곱만 붙이고 와
맥없이 드러눕네

옷고름 부여잡고
틀어박힌 영혼에도

기약이라 품어 둔
서성거림이라서

하늘 가득 울림소리
빙빙 맴돌기만

바람이 열어 놓은 꽃잎

창틈 열고 들어올
한 줄 빛살 그리며

연둣빛 거친 숨
몰아쉬고 있네.

짝사랑.5

불러도
두드려도
열 수 없어
갈래요

추억의 강
눈 감고
돌아보며
갈래요

아파하는 거
싫어서
몰래 놓고
갈래요

저며 담고
홀로
찢기며
갈래요.

지금

어디까지
얼마나
언제까지

기다리고
달려가고
헤아리고
털고

저 앞에
누군가
다가와
서 있다

저만치 보이는
말없는
그것.

고독. 1

피멍 들게
투두둑
때려 놓고서

태연히
스쳐
지나가니

덩그러니
홀로 남은
씁쓰레함만

가슴 울음
짜면서
슬피 울다가

마른침
삼키며
하늘을 본다.

구부러진 회한이
패인 골 파고들다
등 떠미니

배낭 속에 담겨진
숨죽인 적요가
홀로 밤길 재촉한다

툭 던져 굴려 놓은
허공의 가슴팍
돌고 도는 길

피멍 들게 쳐대다
길고 깊어져
일순간 터져나와

머뭇거리던
어제의 벽에
덧금을 친다

지친 간절함이
막아선 어둠에 매달리다
떨어져 피를 토한다.

말 못하고. 1

미어지듯
가리운 채
뒤돌아

밀리듯
쥐어뜯으며
떠 있다가

찬바람
주름살로
찢긴 채

이리저리
혼절하듯
너울너울

터질 듯한
풍선처럼
미끄러져

왔다갔다
방향 없이
허둥지둥

흐르는 침묵
머물 곳은
그 어디에.

그리움.4

하늘 가슴
품은 별빛

시린
호수 속에

한 자락은
펴놓고

한 자락은
껴안고

돌아오는
너설길

저며 드는
추억 향.

그리움.5

긴 색실
나풀거려

푸른 강에
내리더니

꽃구름 떠가듯
흘러서 간다

스치는 바람에
잔물결 일어도

모른 체
끔벅이며

뭉게구름
덮고서.

그리움.6

실바람
살랑살랑
수줍은 듯
떠는 옷고름

열두 폭
수란 치마
휘감긴
폭포 속에

몰래 담는
절절함
두 손 포개
덮은 가슴

구름 속
넘나드는
별로 떠
서걱서걱.

그리움.7

날아가
닿을 수 없는

하늘 볼
자유조차 없는

뿜어대는
깊은 골 한숨 같은

허무한 진동으로
무너져 내리는

가슴 적시는 떨림
무수히 다독여야 하는

소리 없는 빈 바람만
무심히 되돌아오는.

애상哀傷

두고 온 열꽃
사위기도 전

그리움 너울대며
흐르고 있다

휑한 고요 위
한恨 띄워 놓고

허공 휘저으며
잡아 묶는 빈 단처럼

꼿꼿이 선 허무만
긴 밤을 뒤적인다

머뭇거리다 걸린 침묵
뿌옇게 적셔 드니

저 너머 찢긴 소리는
한 송이 들꽃으로

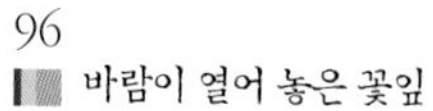

해진 가슴 숨어들어
고개 수그린 채 외틀고 있다.

그리움.10

▌ 바람이 열어 놓은 꽃잎

멍든 추억
아플까 봐
그어 버린

볶고
어르고
안고

헤아리고
덮고
거두다

다시
지우며
별빛 뿌린.

그리움.11

문만 열어도
맨발로 달려들어
화들짝 반기는

곁에 두기만 해도
또르르 또르르
굴러 흐르는

가슴속에 눕게만 해도
흥건히 젖어
슬피 고이는

닿을 수 없는 별빛 되어
추억의 강물 위로
흘러 떠가는.

아들아. 1

긴 밤 울려 놓고
바다로 가

갯물만 먹고
갯물만 먹고

여기 이렇게
불쑥 나타나

어떡하라고
어떡하라고

죽은 숨결만
뒤집어쓰고

모른 척하면
어떡하라고

에미 홀로
이제 홀로

어떡하라고
어떡하라고.

밤비. 1

안길 수 없는
타인으로
뒤돌아서서

가슴 가득
고인 눈물
옭아 죄며
터져

온밤 내
울어대는
이별의
서곡.

제3장
바람이 열어 놓은 꽃잎의 의미

인생.1

팽팽하게
치오르다

줄 끊겨
너울너울

얼레만
남겨 두고

홀로 날아가는
연鳶.

인생.2

하늘을
끌고 가는 호수
호수를
밀고 오는 하늘

바람을
끌고 가는 구름
구름을
밀고 오는 바람

햇살을
끌고 가는 노인
노인을
밀고 오는 햇살

이런들 어떠랴
저런들 어떠랴
가면 오고
오면 가는 것을.

인생.3

■ 바람이 열어 놓은 꽃잎

왔다 가고
갔다 오고

그네
타기

없다 있고
있다 없고

허무한
술래잡기.

바람이 열어 놓은 꽃잎

인생.4

높은
저 산을

청춘으로
오르더니

노인으로
내려와서

유아로
노니네.

두 길

헐떡거리며
바삐 가도
낭만 누리며
더디 가도
그곳

아옹다옹
눈물로 가도
보듬어 안고
미소로 가도
그곳

비 내리는
진흙탕 길로 곧장 가도
호젓한
숲길로 돌아가도
그곳.

이제는

자꾸 부어
무엇하랴

구름같이
바람같이

비워 가며
그렇게
그렇게

산새처럼
강물처럼

하늘 보며
그렇게
그렇게.

나팔꽃

개금밭로
엿본 세상

바람 등에
업혀

올라와
바라보니

알려줄 게
하두 많아서

아침나절
목쉬도록

뚜뚜
따따.

메밀밭

홀로는
누울 수밖에

서로 기대야만
설 수 있는

껴안고 어우러져
바람 함께 춤을 춰야
피어 맺는

오늘도
질긴 사랑
너울너울.

바보.2

외고집 꼬아
비틀어 얽은 채
홀로 간다

바다도
하늘도
바람도 없는 곳으로

박힌 못에 헌옷 걸어 두고
우상처럼
날마다 경배하며

차디찬 날로
잘라 찢어
침묵의 열로 녹이며

하고픈 말
갈아엎어
덮으며

아우성 한 모금
목구멍으로 삼킨 채
가슴 가리고 간다.

물새

안개 싸인 붉은 가슴
헤치고 나가

검푸르게 멍든 파문
터져 아린데

모르는 척 새침데기
몸 털고 앉아

잘난 품새 들뻐기며
노래 부르다

꿈
쥐고 왔다
놓고

사랑
받고 왔다
놓고

눈물
젖고 왔다
놓고

고요
흔들고 왔다
놓고

홀로
그렇게
가는.

길고 긴 너울에는
골 패인 주름살만

짧은 길 가로수엔
밋밋한 새 울음만

맡긴 밭 눌렀을 땐
무진동 돌덩이로만

낯선 땅 벼랑에선
사랑이 피었는데

정든 땅 산허리엔
이별만 휘날릴 뿐.

삶

봄엔
마냥

여름엔
길게만

가을엔
아쉽게만

겨울엔
짧게만

이젠
아깝게만.

너

어제
창에 비치던 건
넘실대던
너

오늘
창에 비치는 건
너 아닌
노을뿐

내일
창에 비치일 건
그 누구도
아닌

바로
찰랑거리는
너였음
좋겠다.

허허벌판에
젖어 드는
눈물뿐이었어.

회한悔恨

빗물 젖은
꽃보라
흩날리는 밤

돌아와
불러 보니
돌앉은 적막뿐

한숨 소리
멍하니
서 있다가

처댄 가슴
피멍 안고
뒷산을 넘네.

쳐다보면
아득히
먼

걷다 보면
더
아련한

내달리다 보면
어느새
운무에 휘감겨

물안개
걷히고 나면
은은한 황홀경

바위에 기대어
잠시 쉬면
빈 바람 공명뿐

올라 보면
저 아래
등 굽은 추억만.

무인도

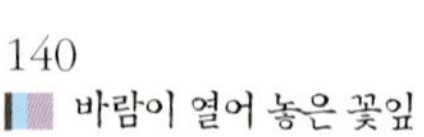

부름에도 묶여 있고
가고파도 답 못하는
한恨

파도가 치근대면
가슴 한 올 내어 주고
바람이 떼밀면
얼러 쉬어 보내 주고
그리움 홀로 흐르면
홀연히 저버리고 가네

외로움 스며들면
섬새 깃털로 말려 주고
마음 아파 누우면
꽃잎이랑 함께 젖고
적막 휘휘 뒤덮으면
달빛 켜 꿈길 가네

오늘도
구름을 품에 넣고

바람이 열어 놓은 꽃잎

아린 가슴

젖어 젖어

울어 에인다.

부재不在.2

딸
시집가던
그날처럼

다
보내고
난 뒤

밤 흔들어
더듬더듬

비틀어
짠 채

말라깽이로
하얗게

홀로
비워 두고
간다.

꿈길

혼 젖도록 스며
졸졸 흘러가니

한 덩이 가득
저릿한 황홀경

하늘 마루
노을로 이울더니

잔향殘香 눕기도 전
새벽별 흔들어

눈떠 돌아보니
시린 빈손만.

친구

온갖 양념과 버무려진
양푼 속 겉절이같이
조화로운 맛의 화음

묵은 된장독 안
긴 세월과 함께 절여져
입맛 돋우는 장아찌

고독의 벼랑에 서 있을 때
휘파람 불어 안기는
마력의 별빛

질곡의 수렁에서도
연둣빛 줄을 던져
술상 차려 주는 끈끈한 향기.

이제서야. 1

얼음 컵 속에
한뎃잠 재워 두고
봄빛으로 간다

향 그윽한
꽃길 걸어서
순백으로 간다

꽃잎
어루만지러
바람 얹어 간다

머나먼 옛길
껍질 벗고서
맨몸으로 간다

찢겨진 대오리 창
젖은 인연 빨아 털고
말려서 간다.

이제서야.2

말없이
연민 만지작거리다
홀연히 사위어 가면

침묵 포갠 자리엔
먼지 내린 거미줄만
녹슬어 무겁고

갈라진 그리움 너머
발광처럼
목울대 나뒹굴면

때늦게 타들어가던
추억 한 자락 끌고 와
여울로 통곡한다

명치에 고인 회한
하얗게
널브러뜨린 채.

폐선

밀리고 떠밀려
바래 누워
비끗거리다

파고드는
저림 끝
속살 삭아 내려

뜨지 못한 채
해묵은 더께 위에
바람 따라 굴러

펼쳐 보인 빈손엔
부질없던 허상만이
안개로 피어올라

깊게 뜬
노을의 뒤란으로
쓸쓸히 날아간다.

달

어디로 향하고
어디에 머무는가

가는 것도
오는 것도
뜻 있어 오가련만

지고
뜨고
장마가 가도
가슴에 녹은 대로
흐르지 않네.

너덜너덜 삐걱거리는
어제는 대답 없고

쭈글쭈글한 그리움만
시린 속가슴 밟아 누른다.

맹인盲人

심연 속
걸어 나온
동그라미

울 안
매어 둔
가없는 틀을

쉼 없이
덧밟는
도돌이표

붓고 쌓고
지켜도
영零이 되는

놓고 오라
끌고 가면
그제야 열리는

회한의 탄식만
엎질러져
허공에 젖어 든다.

아들아.2

하늘 담던
거울 호수
먹비바람에
어지럽다

천둥 친다
숨지 말고
나설 옷을
준비해라

햇살 업었다
쳐들지 말고
할미꽃처럼
수그리며

촛불로
태우고
봄비로
적시며

어미처럼
품어 안고
새끼같이
순수하게

실바람으로
스치고
세월처럼
삭히며

강물처럼
구름처럼
그렇게
그렇게.

선물

해맑은 눈빛
순수로 아름답게

펼쳐진 무지개
안고 가거라

길지 않고 짧은 길
사랑만도 부족하다

너그럽게 수그리며
정성껏 내밀어

다시 보고플
그리움을 남겨라

가방 속 열어 보니
줄 건 이것뿐.

바람이 열어 놓은 꽃잎

너울너울
혼으로 떠
구천九泉을
돌고 돈다.

부재不在의 마당놀이

하늘을 갈기갈기 찢어
바다 한가운데 버리고 휘청거리다가
호수를 꿀꺽꿀꺽 들이마시고서
비수 꺼내 들고 대지를 내려찍으며
지축이 뒤흔들리도록 울부짖는다

화산재에 회오리바람 일다
검붉은 용암 뒤덮이더니
색도 빛도 앞도 뒤도 없이
뒤죽박죽 되어 버린 땅
널브러져 굳은 숯덩이 앞에
냄새 맡고 달려든 독수리 떼
화상 입고 고막 터진 쥐들 노려본다

햇살은 눈부신데
얼룩지고 해진 옷 삽시간에 갈아입히고
제멋대로 땅에 묻고 평지로 밀어 버리니
강 건너 언덕배기에 짓이겨진 채
헐떡거리고 있는 잡초들은
마른하늘에서 떨어진 썩은 빗물을 먹고도

바람이 열어 놓은 꽃잎

어린 생명을 소리 없이 돋아 올리고 있다.

거꾸로 도는 시계

썩은 벌레 한 마리 물고
뒷걸음으로 가는 개미

제 힘만 앞세우고
잘도 끌고 간다

언젠가는
빈손으로 서겠지

멈칫거리다가 말없이
지나갔던 침묵들과

어둠 내려 짙게 깔릴
맑디맑은 눈길들에게

피 터지게 후려 맞고
쭈글망태기 될 터인데

뒤로만 돌고 있으니
어찌.

아서라 아서

뒤
채우려
앞
털면서

문드러진
시신 곁에
강 홀로
운다

아서라
아서

하늘이
부릅뜨고
땅이
우짖어도

짙은 안개
뿌려 놓고

채찍 휘둘러
몬다

아서라
아서

멋모르고
뛰는 말
어디로
가나

제멋대로
뛰는 말
어디까지
가나

아서라
아서.

고독.2

한가득
영글은
속살도

뒤란에
홀로
나뒹굴고

감길 울
비빌 안岸
되어

너는 나
나는 너로
뒤바뀌는

아아,
그립다
그댄 어디.

열사烈士

끓어오르던
분노 속을
맨발로 걷더니

텅 빈 밤
외로운 사투
불이 붙었다

광란의 화염에
나뒹구는
푸른 영혼

드높은 하늘은
연기 속으로
흘러들고

꿈꾸는
유산
홀로 찬연히

바람이 열어 놓은 꽃잎

휘날리는
아우성
대지를 후려치다.

노숙자

노까지
하늘에
맡긴 채

넋 태워
돌고 도는
나룻배

누가
내몰았나
저 바다로

밀리고
밀려가는
그곳 어딜까

사방
무심에
빈 술병뿐.

쓰레기

불 꺼진 특실에
맨몸 묶고
빈대 풀어 잠재우는

얼어 에는 밤
홀딱 벗겨 세우고
찬물 뿌리는

하늘 가린 채
배로 누르며
소리로 때려잡는

떼 빛에 실명되어
피 튀기며
외줄 채찍 휘두르는.

격랑激浪. 1

물주름에
흐느끼며

기약 없이
떠가는

비낀
모습 하나

가슴벽으로
흐른다

말리우던
때도 잠시

다시
비바람으로

허우적
허우적.

바람이 열어 놓은 꽃잎

호흡이 차운
외딴 지하실

옥죈 가슴
터져 눕는데

표식 없는 벽시계
거울 속으로 웃고

꺼내 본 손목시계
어둠 속으로 돌고

쳐다보는 눈물은
한 줄 그리움만…

이리 굴다 저리 돌다
바시랑거려 치밀다가

손가락이 다 뭉개지도록
달그락 딸그락

지하벽 파대는데

바깥
그들이
부르고 있다.

물그림자

무심코 걸어도
한가로이 날아도
몰래 찍히는

죄 없이 끌려와
거꾸로 매달린 채
고문 당하는

푸르고 올곧아도
바람으로 흔들어
억지로 꿰맞추는

그립고 그리우면
길게 목 빼고
깊이 잠겨드는

둥근 달 떠오르는
거울 같은 고요처럼
그대로 담아내는.

독거노인의 하루

어정쩡
길 나서는
구부정한
꽃단장

어제의
꽃빛 놀이
좌판 위에
펼쳐 놓고

팔다 팔다
겨우 남은
긴 그림자
홀로 끌며

지친 노을
등에 진 채
빈 지갑에
허무 쓸어 담아

텅 빈
방에 돌아와
적막 베고 누워
이리 뒤척 저리 뒤척.

대숲.1

우러르고 섬김이
어찌 찌름의 반항이고
바람에 밀려 울어 뎞이
어찌 조롱의 노래더냐

맘대로
밀고 당기고
뉘이고 세우고
흔들지 말지어다

부르지도
만지지도
쪼개지도
꺾지도 말지어다

쏠리고
돌아오면
지친 설움
어이하랴

잎 떨며 지내온
그 세월 다 버리고
마냥 푸르게
서 있고만 싶노라.

요양 병원

왔다 가고
갔다 돌아와
안타까이 포개져
허공에 연주되는

꼼지락거리는 손가락만
알 수 없는
수많은 애달픔을
길게 늘어뜨린 채 기다리는

떠지지 않는 빈 눈엔
추억 널브리는
회한만
소리 없이 굴러다니는

끝자락에 매달린
영혼의 간절함이
차라리
바람이고 싶어하는

부산스런 긴장이
수런대더니
익숙하게 정돈되어
빈자리 되고 마는.

옥탑방 독거노인

누덕누덕 기워
덧댄 세월의 뒤꿈치에
빗물이 떨어진다

옆구리 터진 신음 소리에
매달린 절규
몇 방울만 달랑 남겨둔 채

몽롱해진
긴 여정의 꼬리에
한뎃잠 깔아 눕힌다

깨어 돌아온 마당엔
잡초만이 한들한들
말 없는 적요만 맴돌고

지쳐 가는 그리움은
추욱 처져
졸음만 기워대다가

검붉은 눈물 고여
누운 자리에
상념의 깃을 세워 놓는다.

노점상의 하루

빗장 걸어 졸고 있던 상념이
그리움의 난간을 보듬은 채
여명의 느린 하품을 끌고 가

오색 빛 판을 펼치고
지친 세월을 그 위에 깔아 두면

햇살이 흥정을 하고
벌들이 날아와
높은 하늘을 내려다 준다

짓눌린 목울대 붉게 물든 밭 어귀에
매달던 색색 풍선 하늘하늘 날릴 때

일순간
방종의 싹쓸바람 떼 휘젓고 몰려와
홀딱 낚아채 날아간 난장亂場

찢긴 빈 가슴 헤집어
홀로 초점 잃고 흐느낀다

바람이 열어 놓은 꽃잎

흘러 마른 자국에
먼지가 길을 내 그린
수채화 속엔

채워야 할 기다림이 옥탑방 거미줄로
붓 들고 소리 없이 걸어 나오고

벌릴 힘조차 잠들어
드러눕고 마는 꽃의 소리는
노여움의 잔해로 부서져 내려

가쁘게 짖어대다
먼 산 어루만지며 잦아든다.

요양원 벤치에 홀로 걸터앉은 노인

길게 널브러져 드러누운 추억의 골목 안으로
헤살 부리며 지나가던 상념들이
노을의 속내를 털어내며 튀어 올라
술병 안에 담긴 어스름을 흔들어 대고 있다

허공에 날려 보내는 허기진 그리움은
들붙여 놓은 꼬리표를
뜯어 먹히고 남은 껍데기에 달고

쓰디쓴 미소로 뒤엉키다 일어나
빈 잔 속에 내려앉은 미움마저 반긴 채
고샅을 훑고 다니다 너울거림으로 떠 있다

집 찾던 겨울이 깊숙이 들어와 상을 차리고
수심 어린 번뇌는 찬 물빛 호수가 되어
꿰매 신던 검정 고무신 하나 붙들더니
말라붙은 개울 되어 찢겨 흐르다

취기 어린 네온사인에 서린 황홀함은
영원할 것처럼 우뚝 서 휘날리던 깃발로

바람이 열어 놓은 꽃잎

나부끼다 흩어져 바람이 된다

넋 잃은 자리엔 거미줄 자욱한 폐가처럼
막걸리 한 잔의 향수가 기웃거리더니
툇마루에 걸터앉은 이별 안고 소르르 떠나가고

야릇한 비웃음이 물고 가버린 빈 터엔
너덜거리는 세월이 뒤척거리다가
가로등 싸안고 고즈넉이 녹아내린다

실어증 걸린 백발만이 제멋대로 흩날리며
넘어지려는 호흡을 곧추세우더니
앙다문 가슴밭을 거칠게 쟁기질 해대고 있다

모아진 두 손끝
피어오르는 파란 기도 한켠에서.

치매 노인

꿰매고 꿰매어 해져 쓰린 고무신 한 짝을
적막으로 이고 나와

차디찬 눈밭을 허둥허둥 끌고 돌아오는
낯익은 이방인

갈라진 숨을 갈그랑갈그랑 몰아쉬며
설디선 두리번거림 만지작거리다가

수용소의 밤을 책 뒷장에 끼워 가방에 넣고
빨려들 듯 낯설게 다가서던 곧은 부지깽이

아궁이의 불처럼 불붙어 뛰어가는가 싶더니
하얀 연기의 혼령을 피워 올린 채
폭설 속으로 드러눕는다

거북 덜미 같은 목주름 끝자락에
주르륵 녹아 흐르는 바람 소리만
정리되지 못한 책장 속 낡은 무덤을 들락거리면

바람이 열어 놓은 꽃잎

폭격 맞은 전후 거리를 뒤적거리다 돌아온
둘둘 말린 회한 펼쳐 손등에 얹혀 놓고서

가라앉지 않는 파장의 깊게 패인 골에
심장의 뿌리를 부러뜨리더니
피멍 위에 핏물을 떨군다

얽힌 영혼의 생뚱맞은 쫓김처럼
비틀거리는 마음의 쇠 갉는 소리로
새벽을 깨워 널브러뜨려 찢어 퍼붓다가

끝이 보이지 않는 한숨 자락 쓸어내리고는
느릿느릿 꺼내 놓은 환희의 꽃송이 부둥켜안고
발 구르며 깃발 흔들고 내려와
울먹이는 가쁜 호흡을 떠내려 보낸다

깊게 묻힌 씨앗의 봄처럼
한 겹 걷어 낸 그리움으로 꿈꽃을 기다리며.

제5장
바람이 열어 놓은 꽃잎의 노래

거울

멈춘 벽시계
추억으로
걷게 하고

심안心眼
건드려
앉혀 놓더니

정情도
부대낌도
어울림도
없는

닿을 듯
잡힐 듯

가슴 아닌
순수 아닌

허울 속

반향反響만

가르치는
선생.

눈물

날을 듯 춤추는
환희가
문득 솟아오른

가슴이 끓어올라
애틋함으로
흐르는

길게 늘어선
외로움이
촉촉이 뒤척이는

야윈 사랑이
쓸쓸히
쪼개지는

환영幻影이
저민 그리움으로
숨어드는

옴실거리던 추억이
한꺼번에 밀려와
부딪치는.

상흔

벼락
때려
패인
둠벙

고인
빗물
홀로
울다

이는
바람
가슴
긁혀

물살
재워
누운
넋꽃.

노을

지친 그리움이
아리게 저미는

두고 갈 외로움이
눈물겹게 매달린

부르튼 기다림이
각혈하여 드러누운

깡마른 회오리바람이
시리게 그린.

거미줄

이슬이 작곡한
헬 수 없는 심술 음표

하늘 지휘에
햇살이 명연주

망가진 악보에
엇박 한숨 소리

공짜 음악 감상
수리만 한나절.

밤비.2

머리
위에는
꿈으로

어깨
너머에는
슬픔으로

가슴
속에는
눈물로

마음
안에는
외로움으로

꿈결
곁에는
낭만으로

등
뒤에는
아쉬움으로

그대
창에는
애달픔으로

내리다
내리다
잠든다.

겨울비

바람도
얼어 잠든
밤 늦녘에

하늘 닿아
떨어진
그리움 방울

묵정밭
서성이며
슬피 우는데

듣는 이
하나 없는
쓸쓸한 연가.

빗소리.2

지휘하듯
허공에 긋는
음표

혼 실은 연주에
피어난
꽃송이

때론
안단테로
때론
알레그로로

토라진 그리움
돌아올 때까지

다독거려 토닥이는
사랑의 멜로디.

빗소리.3

한 많은 과부댁
양철지붕엔

타닥 타다닥
우박처럼 때리고

길손 맞는 주막
초가지붕엔

살포시 안기듯
스며들고.

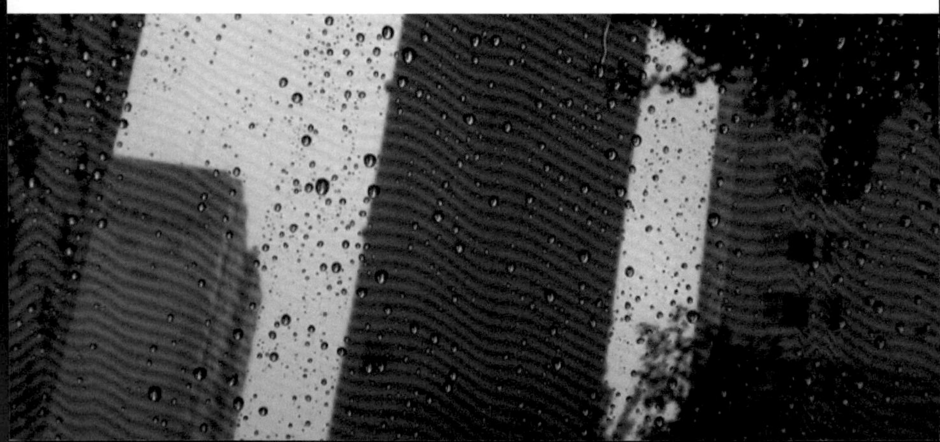

설중매雪中梅

얼부푼
냉가슴
녹여 터는

때 이른
그리움에
시려 에는

바람 밀다
얼결에
춤추는

비빚거려
튼 사랑
환희에 젖은.

바보. 1

기다랗게 깔린
옅은 추억
가물가물 불러내어
다가서 오면

발가벗은 부끄러움
한껏 부풀어올라
발그레함 흩뿌리고
살며시 눈감는다

빈 하늘에 내린
어두움 배어들면
가고 없는 빈자리
한사코 기어나오고

아득함 꺼내어
풀어 펼쳐 든 채
진종일 맴돌다
한밤을 깔더니

한 걸음 한 걸음
스며드는 그림자로
숨죽여 바라보다가
저릿하게 몸져눕는다.

오늘의 詩選集 Series

오늘의 詩選集 제1권

화장을 지우며

강만순 지음 / 144면

오늘의 詩選集 제2권

또 한 번 스무 살이 되고 싶은 밤

김숙희 지음 / 160면

오늘의 詩選集 제3권

사랑의 빈자리 될까 봐

박완규 지음 / 144면

오늘의 詩選集 제4권

유모차 탄 강아지

김미경 지음 / 112면

오늘의 詩選集 제5권

이 환장할 봄날에

신점식 지음 / 176면

오늘의 詩選集 제6권

작아지고 싶다

주경희 지음 / 176면

오늘의 詩選集 제7권

가을은 어디나 빈자리가 없다

전금희 지음 / 176면

오늘의 詩選集 제8권

쓸쓸함에 대하여

이후남 지음 / 176면

입술이 탄다
형광석 시집

당신만 행복하다면
박봉은 제1시집

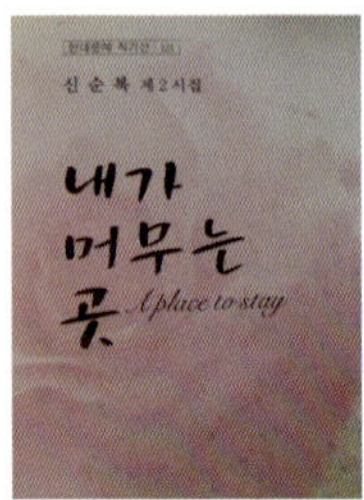

내가 머무는 곳
신순복 시집

아시나요
박봉은 제2시집

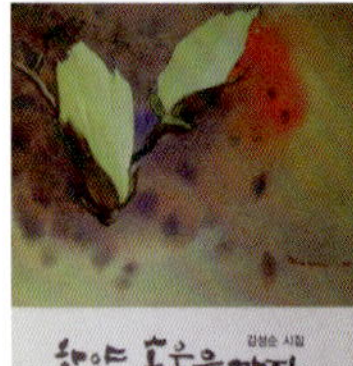

하얀 속울음까지 들켜 버렸잖아
김성순 시집

당신에게.하나
박봉은 제3시집

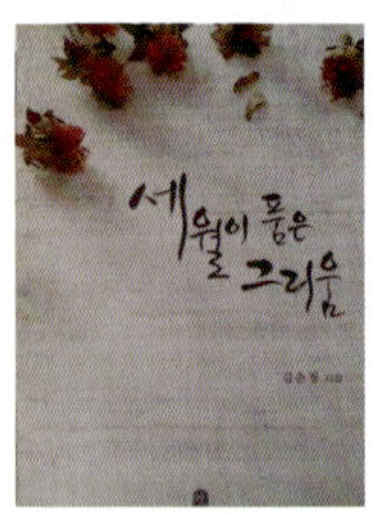

세월이 품은 그리움
김순정 시집

사색은 강물 따라
권자현 시집

고목나무에 꽃이 핀 사연
김영순 시집

시가 영화를 만나다
장헌권 시집